MAMBO-KANINCHEN, DER EROBERER
Ärzte für Kinder.

Urheberrecht © MMDE sp. z o. o. (GmbH) 2023

Alle Rechte vorbehalten. Veränderung, Kopieren, Vervielfältigung und Verwendung des gesamten oder eines Teils des Buches in Papierform oder in einer anderen Form ist ohne die Genehmigung der Autoren verboten. Wir danken Ihnen für die ehrliche Nutzung dieses Buches.

ISBN 978-83-968922-2-5
Ausgabe I, deutsche Fassung

Autor: MAKSYMILIAN KOTYNIA
Redakteurin: MARTA SĘDZIELEWSKA-KOTYNIA
Grafische Gestaltung: MAKSYMILIAN KOTYNIA, MARTA SĘDZIELEWSKA-KOTYNIA

Mambo der Eroberer

Hallo, ich heiße Mambo.
Wie in dem Lied "Mambo Italiano". *

Ich bin aber kein italienisches Kaninchen.
Meine Eltern mögen Pizza, und irgendwie ist es einfach so passiert.
Das ist gut so, denn Mambo ist ein Name, der sehr gut zu mir passt.

Wenn Sie von meinen Abenteuern hören oder lesen wollen,
legen Sie sich hin oder setzen Sie sich bequem.
Oder versuchen Sie, beides gleichzeitig zu tun. Ich mache es so.

Einer meiner Kaninchentage...

* *Wenn Sie die Melodie nicht kennen, bitten Sie jemanden Älteren,
diesen Hit einzuschalten und zusammen "Hey Mambo!" zu singen.*

In das sonnige Zimmer kam die Mutter. Sie setzte sich auf ein bequemes Sofa. Ich wollte mit ihr mein Lieblingsspiel "Rate mal, wo ich jetzt bin" spielen, aber sie verwöhnte mich mit einer leckeren Karotte und ich vergaß plötzlich, was wir eigentlich spielen sollten.

Das Elternsofa ist ideal zum Springen. Fast wäre ich darauf gesprungen, aber meine Mutter holte einen leckeren Dill aus dem Kühlschrank, und ich vergaß wieder alles, was ich mir hätte merken sollen.

Manchmal passiert mir so etwas. Das liegt daran, dass ich Heu und Dill liebe, besonders wenn die Mutter sie zubereitet. Ich aß alle gesunden Leckereien auf und sprang auf das weiche Sofa.

Mama wollte mich umarmen. Aber ich hatte Lust zu springen, zu hüpfen und zu schäkern. Das machen die Kaninchen nun mal. Besonders, wenn man so neugierig auf die Welt ist wie ich. Ich bin schnell ausgewichen. Erst der Satz in die Tasche, dann der Sprung auf den blauen Sessel. Ich war schon sehr hoch.

Jetzt kommt die schwierigste: der Sprung auf die Lampe.
Pfoten zusammen, tief einatmen, volle Konzentration und…
…plötzlich nahmen mich Mamas fürsorgliche Hände runter
auf den sicheren Boden.

Meine Eltern geben mir gute Ratschläge. Bevor ich anfange, die wirklichen Gipfel zu erklimmen, muss ich mich darauf vorbereiten.
Es ist wichtig, einen guten Aktionsplan zu haben.
Zuerst die Reinigung des Fells. Das Fell muss glatt und glänzend sein.

Dann lernen - dafür sind die Bücher unerlässlich.
Zum Schluss, praktische Übungen.
So werde ich auch tun. Ich werde die Welt von oben sehen, wie ein Vogel.

Ich sammelte die notwendigen Lernmittel ein und griff schnell zum Telefon. Ohr hoch.

Ich habe meine Freundin Fig angerufen, eine Kaninchenakrobatin. Sie empfahl mir ein Naturbuch, ein Springseil und Gymnastikgeräte. Ich werde das Springseil wahrscheinlich nicht benutzen, meine Pfoten sind zu kurz.

Ich habe auch meinen Freund konsultiert - ein schlaues Kätzchen aus dem Ausland. Sein Name ist Fluffy. Er riet mir, mich viel zu strecken und mich auszuschlafen. Er streckt sich ständig oder schläft süß die ganze Zeit.

Es ist Zeit, mit dem Lernen zu beginnen.
Ich habe ein Buch über Sportübungen aufgeschlagen,
die mir helfen, stärker und gesünder zu werden.
Erste Stunde.

"Beim Training ist ein sicherer Platz zum Springen am wichtigsten... Wir unterscheiden verschiedene Arten von Sprüngen: Hoppeln, Hochspringen, Hopsen und Sprüngen... Man braucht mindestens acht Stunden Schlaf, um sich zu erholen..." Zzzzz...

Ich schloss die Augen und stellte mir vor, wie ich für das Hürdenspringen trainiere. Wie ich Ski fahre und von Schneewehen springe, die höher sind als ich. Ach, wie angenehm war das!

Ich stellte mir vor, wie ich mit einem Fallschirm aus einem Flugzeug springe und in den Wolken fliege.
Das ist erstaunlich!
Es ist wunderbar zu träumen.

Ich fühlte, dass ich bereit war, den höchsten Gipfel der Berge zu erklimmen. Den höchsten, das heißt so hoch, wie ich es mir nur vorstellen kann. Schließen Sie für einen Moment die Augen und sehen Sie sich die Landschaft mit mir an. *

Das waren die schneebedeckten Hügel im Dezember. Im Winter sind die Berge noch schöner und ihre Gipfel sind sehr schwer zu besteigen.

Besonders angenehm ist, dass es viel Eis zu lecken gibt.

* *Wenn Sie das Buch alleine lesen, schließen Sie einfach für einen Moment die Augen. Sie sollten sie schnell öffnen, denn mit geschlossenen Augen ist es schwer zu lesen.*

Ich lief sofort zu einer schneebedeckten Lichtung und dann in den Wald am Fuße des Berges.

Ich hüpfte so fest ich konnte auf meinen Pfoten. Je höher ich sprang, desto kälter und härter wurde es. Ich fühlte mich nicht müde, weil ich vorher eifrig trainiert hatte. Nach wenigen Sprüngen und wendigen Hüpfern war ich an dem Gipfel.

Trotz des Frosts und des starken Windes war die Aussicht vom Gipfel wunderbar! Die Welt um uns herum schien so winzig. Ich weiß bereits, wie es ist, ein Gigant zu sein. Die Stadt in der Ferne sah aus wie ein kleiner, gelber, leuchtender Fleck.

Das bedeutet, dass die Lampen auf den Straßen und in den Häusern bereits leuchten. Oh nein! Bald versteckt sich die Sonne hinter dem Horizont und die Nacht beginnt. Und ich habe solche Angst vor der Dunkelheit. Ich muss so schnell wie möglich zurück nach Hause, zu meinen Eltern.

Ich spürte Kälte an der Nasenspitze und in beiden Ohren. Die Pfade wurden rutschig und gefährlich. Der Abstieg vom Gipfel war nicht mehr wie ein Lauf bergauf. Ich musste vorsichtig hoppeln, ohne Eile. Irgendwann brach unter meinen Pfoten ein riesiger Eisklotz ab.

Ich sprang zur Seite, aber ich war so erschrocken, dass ich anfing, zu schnell zu rennen. Das war keine gute Idee.
Ich stieß auf eine Eisfläche und begann hinunterzurutschen.
Auf dem Bauch bin ich mehr Meter gerutscht, als ich zählen kann.

Im letzten Moment blieb ich über dem Abgrund stehen,
es war schrecklich.
Ich muss zugeben, dass ich viel Glück hatte.

Vor mir lag immer noch der Wald am Fuße des Berges.
Jetzt, als die Sonne untergegangen ist,
ist es ein völlig anderer Wald geworden.
Dunkel, dicht und mit nächtlichen, dunklen Geheimnissen.

Ich ging eine Weile in die Hocke, um mich auszuruhen. Neben mir bemerkte ich die Spuren eines Wesens mit vier großen Pfoten. Plötzlich hörte ich ein lautes Heulen. Ich war mir sicher, dass ein unheimlicher und hungriger Wolf in der Nähe lauerte!

Ich versteckte mich hinter einem großen Baum. Auf dem weißen Schnee war ich schließlich gut sichtbar. Ich begann in Panik einen Nerz zu graben. Der Boden war zu gefroren und hart. Ich musste so schnell rennen, wie ich konnte. Und Slalom!

Ich machte einen Schlenker, dann einen zweiten und einen dritten. Ich fiel in eine Schneewehe, der Schnee bestäubte meinen Schnurrbart und mein Fell. Ich sprang hoch, hüpfte über die liegenden Äste und machte einen Sprung dann auf die Lichtung.
Es gab da ein paar Hasen und viele sorgfältig ausgegrabene Nerzen.

Ich spürte den furchtbaren Atem des Wolfes
auf meinem Rücken und Schwanz.
Ich eilte zum ersten Nerz, den ich traf.

Das Versteck war das Zuhause des vielleicht kleinsten Hasen auf der Lichtung. Ich bin auch klein, also war der Nerz genau das Richtige. Unter der Erde erwischt mich der Bösewicht mit der hässlichen Schnauze nicht mehr. Ich war in Sicherheit.

Trotzdem war es nicht einfach. Ich habe noch nie so enge Gänge ohne Markierungen gesehen. Jeder unterirdische Weg war in drei weitere unterteilt. Ich beschloss, immer den Mittleren Weg zu wählen, um in diesem komplizierten Labyrinth nicht im Kreis herumzulaufen.

Schließlich sah ich ein gelbes Licht.
Je schneller ich darauf zuhüpfte, desto größer wurde es.
Ich fand einen Weg direkt in die vertraute Winterstadt!

Als ich aus dem Nerz sprang, stieß ich mit einem behaarten Braunbären zusammen! Ich war schon so nah an meinem Zuhause und sollte nun von diesem wilden Tier gefressen werden? Erschöpft von der Flucht, verhüllte ich meine Augen und wartete unbeweglich auf das Schlimmste...

Nach einer Weile hörte ich lautes Schnarchen.
Es stellte sich heraus, dass der Bär fest schläft!
Er war vorhin in einen Winterschlaf gefallen
und träumte wahrscheinlich von einem Frühlingserwachen.

In diesem Moment wachte ich auf. Ich hatte vergessen, dass ich über einem Buch in einem sicheren Raum eingeschlafen bin. Ich war also nicht in Gefahr. Leider habe ich den Berggipfel nicht erobert. Es war nur ein Mittagsschläfchen.

Trotzdem werde ich in Zukunft ein Eroberer werden. Alles in kleinen Schritten. Mit Beharrlichkeit und Fantasie werde ich meine Träume verwirklichen.

Erst einmal Lernen, Heu und Dill,
dann Radfahren
und schließlich der Mount Everest.
Das werde ich auch tun!

DAS ENDE

Zeit zum träumen

Printed in Poland
by Amazon Fulfillment
Poland Sp. z o.o., Wrocław